AU BAR DU KONG

Du même auteur :

RAUQUE LA VILLE, éditions de Minuit, préface de Marguerite Duras 1980

RAPT D'AMOUR, P.O.L éditeur 1986

LA SUIVE, Imprimerie nationale éditions 1989

PATHÉTIQUE SUN, Criterion éditeur 1991

LA FICTION D'EMMEDÉE, éditions du Rocher 1997

LES VOYAGEURS MODÈLES, éditions Comp'Act 2002

PETIT HOMME CHÉRI, éditions L'ACT MEM 2005

LE PONT D'ALGECIRAS, éditions L'ACT MEM 2006

ENTRETIENS AVEC MARGUERITE DURAS, éd Bourin 2012

L'INSATISFACTION, BoD édition 2014

REGARDER LOIN, BoD édition 2015

JAMAIS AUTANT, BoD édition 2016

NOUVELLES DU PASSÉ, BoD édition 2019

OSONS LIBÉRER LE FRANÇAIS, BoD édition 2019

LE PETIT ROMAN DE JUILLET, BoD édition 2020

jeanpierreceton.com

© 2022 Ceton Jean Pierre Tous droits réservés

Édition : BoD – Books on Demand, info@bod.fr

Impression : BoD – Books on Demand, In de Tarpen 42, Norderstedt (Allemagne) Impression à la demande

ISBN : 978-2-3224-5017-6

Dépôt légal : septembre 2022

JEAN PIERRE CETON

AU BAR DU KONG

Personnages :
Jane, Tim, Hugo, Ydea

Narrateur :
Hugo

(*l'auteur utilise la nouvelle orthographe*)

Ce soir-là, des années avant, je m'étais installé seul au bar du Kong. Pourtant, assez vite, je me suis retrouvé à parler avec une voisine dont le compagnon venait de s'esquiver soudainement, aux toilettes j'ai imaginé.
J'étais assis à côté d'eux depuis un petit quart d'heure. L'homme me tournait le dos et elle, que je voyais de face, me lançait par intermittence des milliers de petits regards furtifs alors qu'ils se parlaient de façon assez énervée.
Ça allait mal entre eux. Les réparties dont je n'entendais que des bribes, étaient sèches et piquantes, avec des mots insultants...
Et puis la chute était survenue, en fait après une montée rapide: « De toute façon je ne peux plus te saquer... / voilà, moi non plus, je ne peux pas te saquer... / donc on est d'accord... »
Et le type était parti.

J'étais resté sans bouger, assez circonspect, n'étant pas tout à fait certain du contenu des phrases, je

n'entendais pas assez bien à cause du bruit de fond du Kong. Il y avait en effet beaucoup de conversations en même temp, des rires, des cris, des ordres lancés par le service et, en plus, superposée à tout ça, une musique qui canonnait des graves renforcés pour être audible...
C'est sûr ma capacité à relier des bribes de phrases que je captais plus ou moins à distance risquait de m'éloigner de la réalité.

Sur le moment, je n'étais plus sûr du mot « saquer ». Si on remplaçait saquer par séduire, ça changeait tout... Je ne suis plus séduite par toi / Tu ne peux plus me séduire... Encore plus si on interchangeait je peux par je veux... ou la phrase entière par je ne suis plus jamais séduite par toi / Tu ne me séduis pas davantage, fini!...

En tout cas, le type s'était levé brusquement et avait disparu d'un coup. Tellement vite que je n'avais pas pu voir la tête qu'il avait...
La fille m'avait fait un sourire tout aussitôt et, hop! elle m'avait dit qu'elle reprendrait bien un coquetèle...
-Et vous?
-Oui, j'avais dit, hochant la tête en guise de réponse, un deuxième coquetèle oui.
- Ah moi, ça va être le troisième, si je ne me trompe pas, après je m'arrête !

Et elle s'était mise à palabrer à voix haute, comme si ça pouvait intéresser tout le monde de savoir quel coquetèle elle allait commander, pas le même que tout à l'heure, elle hésitait entre quelque chose de

plus sucré ou alors de très épicé?... Les deux si c'était possible?
-C'est sûr j'ai dit, principe du coquetèle, on mélange ce qu'on ne mélange pas d'ordinaire...
-Ah oui, et vous, qu'est-ce que vous allez prendre ? Et vous ? elle a redit, évidemment sans me laisser répondre car elle avait tout de suite enchaîné sur une liste de mélanges, ses favoris, elle disait, sans compter tous ceux qu'elle oubliait...

-Une base de menthe et de gingembre, je prendrai, j'ai chuchoté en riant.
Elle a ri aussi et du coup je me suis approché d'elle.
Du coup, parce qu'elle m'avait fait un signe pour que je me rapproche comme si elle avait quelque chose à me dire...

Son look asiatique m'avait tout de suite plu, beaucoup. De près son visage me rappelait mon premier amour, dont une image m'était apparue soudainement. Le premier amour ce n'est pas rien. Pour tout un chacun ce n'est pas rien, pour tout le monde, c'est énorme.
De près, je découvre surtout qu'elle est complètement surexcitée, bien sûr pour une raison que je ne peux pas connaitre. Mais je ressens pour la première fois sa personne je perçois qu'elle est en tension haussière... C'est une fille super émotive, ou très sensible, tourmentée assurément, l'air bouleversée, presque terrassée...
Elle n'arrête pas de tourner de gauche à droite sur ce tabouret haut où elle est assise, en même temp que d'un geste vif elle ramène sa robe sur ses genoux, parce que chaque fois qu'elle tourne d'un

côté ou de l'autre, le tissu remonte sur ses cuisses... Elle n'arrête pas de bouger, au point que j'aurais pu m'en agacer si je l'avais connue déjà depuis quelque temp. Là, au lieu de cela, je m'en réjouis, j'en éprouve du plaisir, elle m'apporte une joie inhabituelle, elle me séduit, je suis sous son charme...

Peu après la commande des coquetèles, puis dès leur arrivée, elle a paru s'être calmée. J'ai vu son visage se détendre que j'ai trouvé encore plus beau. Et j'ai regardé sans m'en détacher cette fille, que je n'avais jamais vue, tandis qu'elle buvait doucement sa boisson douce épicée...
J'ai voulu le lui dire, oui que soudain elle avait l'air toute fraîche... Mais alors son visage s'est recontracté. Elle s'est lancée dans une parlote sur les mérites de l'étage inférieur du bar où nous étions par rapport à l'étage supérieur vers où je pensais que son homme avait fui.
-Ce n'est pas la même chose, je lui dis, là-haut c'est un restaurant et puis surtout c'est une terrasse entièrement vitrée, donc il y a beaucoup plus de lumière...
-Évidemment, elle fait!

Je la regarde, je vois qu'elle a l'air à nouveau contrariée, je me dis que ce doit être à cause de son fiancé qui est parti depuis déjà trop longtemps pour qu'il revienne et que c'est surement pour ça qu'elle me parlait de l'étage du restaurant.
-Vous devriez aller le retrouver, votre mari, je lui fais, il doit attendre que vous veniez le rejoindre...
A peine dit ça, je comprends tout de suite qu'elle va

se fâcher, m'engueuler, m'insulter je ne sais...

-Qu'est-ce que vous avez à me parler comme ça, elle balance, de quel droit? Vous êtes avocat spécialisé dans les divorces ou bien psychanalyste de couples, vous voulez me prendre à vos séances?...

Je lui souris pour la dérider un peu, ne fais que sourire. Je suis déterminé à agir par le sourire, je ne veux pas qu'elle se fâche ni qu'elle s'en aille, je l'aime trop déjà... Je tente d'accroitre mon sourire tandis que d'une voix douce, je parviens à lui glisser une phrase que je n'avais vraiment pas préparée...
-Mais quel mal on a pu vous faire aujourd'hui pour que vous soyez si énervée, vous et votre très joli visage?...

S'ensuit un moment fort d'échange de regards au cours de quoi je décèle à nouveau chez elle une forte ressemblance avec mon premier amour, au point que j'en suis tout ému. Je lui dis... Je réfléchis. Je ne lui dis pas.
Bon, surement que je l'avais trop idéalisé, ce premier amour, à force d'y avoir repensé tellement de fois. Surtout pendant quelques années de ma vie qui ont suivi mes trente ans où j'avais été complément dominé par l'obsession de le retrouver. En fait de la retrouver elle, que j'avais fini par appeler "ma première amour".
J'avais fait pas mal de démarches, sans y parvenir...
Ça m'avait fait beaucoup fantasmer et puis un jour j'ai rencontré par hasard quelqu'un qui la connaissait et qui savait où elle habitait, ce qu'elle faisait, elle aurait même pu trouver facilement ses

coordonnées que toutefois elle n'avait pas sous la main... Oui, mais curieusement, je n'avais pas donné suite, comme si cela ne m'avait plus intéressé.
Sans doute que je devais craindre de ne jamais pouvoir reconnaître le personnage...

Là qu'elle m'avait tapoté sur la main comme pour me faire revenir à la réalité, en fait pour s'assurer que je l'écoutais
-Ma mère, vous ne connaissez pas ma mère, elle a dit d'un ton calme, et jamais vous ne la connaitrez...
Et bien ma mère, elle aurait dit que vous êtes quelqu'un qui a de la psychologie...

Même si elle se moquait de moi, cette jolie fille me séduisait de plus en plus. Elle dont pourtant je ne savais rien, pas même encore le prénom, Jane, sauf qu'elle avait un look asiatique qui me rappelait ma première amour.
D'ailleurs j'étais en train de reconstruire de plus en plus nettement cette première amour à travers elle...

Elles avaient en effet en commun, outre d'avoir des yeux étroits et noirs, comme les cheveux, très noirs, une vivacité d'être... Elles pouvaient partager quoi d'autres ? me disais-je, sans parvenir davantage à le préciser.
L'image hélas de ma première amour était subitement devenue impossible à retrouver devant cette présence si forte de cette fille devant moi...

J'avais dû la regarder d'un regard trop prolongé, ou

alors d'un air déjà complice, sinon pourquoi elle m'aurait dit qu'elle avait l'impression de me connaitre. J'avais dû la toucher comme moi je l'étais touché...
Effectivement, j'ai aperçu des petites larmes d'émotion, -comme il arrive aux êtres hypersensibles, qui lui mouillaient les yeux tandis que les miens s'étaient embués également... Nous avions donc en commun d'être facilement envahis par l'émotion.

Cependant je ne pouvais m'empêcher de repenser au type qui n'était peut-être pas son fiancé, mais qui en toute logique aurait dû revenir. Lui qui d'une certaine façon m'avait laissé sa place au bar.
Je n'excluais pas tout à fait qu'il revienne d'un moment à l'autre, même si je penchais maintenant pour l'hypothèse selon laquelle il était bien parti et pas seulement pour fumer une cigarette dehors.

-Parfois les gens vous font vraiment du mal et ne s'en rendent pas compte, elle sort soudain à la manière d'une grand-mère qui en sait long sur les choses...
-Oui le plus souvent, je réponds, le plus souvent en effet, ceux qui vous font du mal ne s'en rendent pas compte... Je dirais même plus, j'avais ajouté à voix basse, ils vous font du mal sans en avoir la moindre conscience.

Et comme à sa demande j'avais répété la phrase, elle avait éclaté d'un double rire qui m'avait fortement destabilisé sans que je comprenne pourquoi...

-Vous savez, j'ai dit... Je ne pouvais plus m'empêcher d'y penser... Tu sais, je trouve franchement étrange que ton ami soit parti si longtemps !
-Pourquoi est-ce que vous me parler encore de lui ?...
-Tu trouves cela anormal? Il était avec toi, il est parti précipitamment, et il n'est toujours pas revenu...
-Là, vous comprenez rien... enfin, tu n'as pas compris du tout, tu n'as rien compris quoi!
-... Désolé, je ne veux surtout pas m'immiscer dans ta vie, déjà, c'était un peu osé de ma part de me mettre à te parler comme ça, à ce comptoir de bar, alors que tu étais accompagnée...
-Plus, je ne le suis plus !... En fait j'étais seule, je n'étais pas avec lui, d'ailleurs il est parti... De toute façon, c'est moi qui t'ai adressé la parole la première...
-Non je ne crois pas.
-Si, si, je t'ai dit de t'approcher, de venir t'assoir près de moi, rappelle-toi... Ah non, peut-être je ne l'ai pas dit, j'ai dû le penser et je l'ai gardé pour moi. Oui, tu as raison, enfin je t'ai fait un sourire, ça compte...
Et là elle s'est mise à boire d'un trait d'un seul son troisième coquetèle auquel elle n'avait pas encore touché...

-J'ai une copine, elle avait repris sur un ton d'intimité... cette copine, tu ne peux pas savoir, elle est vraiment incroyable, écoute, tu ne vas pas le croire, on a le même âge, à quelques jours près, et on a surtout les mêmes goûts, elle et moi... enfin presque, je dis « presque » pour tenir compte d'une

éventuelle exception mais je n'en ai pas le moindre exemple à te donner à l'instant... les mêmes gouts sur tout, au point qu'on s'interdit d'aller dans les mêmes boutiques toutes les deux sinon on veut acheter la même chose... Et pourtant elle est aussi blonde que je suis brune, aussi mince que je suis en chair, hein?
-Oui, ça te va bien...
-Tu trouves que je suis un peu grosse?
-Alors là, pas du tout, en chair oui, c'est joli, ça te va bien...
-Ma copine, elle se trouve un peu trop maigre à force d'être mince...
-Mais à toi ça te va bien, je trouve que c'est super d'être en chair, c'est super sexy, si, si!
-A part ça, elle, elle a les yeux bleus...
...

J'étais perdu, je ne voyais plus maintenant que ses yeux verts, alors que tout à l'heure, quand elle avait répondu à mes regards prolongés, je n'avais pas même pensé à la couleur de ses yeux, à part qu'ils étaient noirs.
Maintenant je ne voyais plus que ses yeux verts, que cela, du coup je ne saisissais plus très bien ce qu'elle me disait, sauf qu'elle venait de redire que sa copine Ydea et elle, elles avaient les mêmes gouts...
Oui les yeux de Jane étaient verts, d'un vert sombre, d'un noir vert?
Je n'aurais pas pu lui en parler, Jane ne s'arrêtait plus.

- ... En plus elle m'a fait découvrir un truc super, je vous raconte, enfin je te raconte... Il y a un type

dont j'ai oublié le nom qui a diffusé sur internet un roman en feuilleton, comme ça se faisait avant dans les journaux, ça se faisait au début de l'autre siècle. Et donc il a mis en ligne un chapitre par semaine de ce qu'il a appelé le roman de l'été. Bon, Ydea, ma copine, c'est son prénom, elle a enregistré le tout sur son ordi, alors elle me l'a envoyé et je l'ai lu la semaine dernière, un chapitre par jour... Normalement c'était un chapitre par semaine, moi j'ai quand même joué le jeu, je l'ai pas lu d'une traite, un par jour, le soir...
- ...
-Ça raconte une histoire de drague, un été dans Paris, ça se passe dans les années 1980, c'était super les années 80... J'adore la musique de ces années-là...
-Quelle musique, par exemple?
-Ben par exemple, The Cure, David Bowie, les Stones, les Beatles, tout ça quoi!
-C'est les années 1970, non?...
-Ça me fait repenser à ce con...
-Quoi?
-De parler de cette musique... Quand je pense qu'il m'a dit que j'étais amoureuse de mon père... et même que je l'étais sans le savoir... comment il peut le savoir, sans le savoir?... C'est ça le pire, me dire que j'étais amoureuse sans le savoir...
-Ce soir, il vous l'a dit ce soir?
-Non, un jour, je ne sais plus, enfin si, je crois bien que c'était la première fois qu'on s'est rencontré, dans les premières fois...
-Où ça?
-Quoi?
-Vous vous êtes rencontrés où?...

-... Ça m'avait beaucoup vexé...
-Tu n'as pas envie de me dire où? C'est important le lieu de la première fois...
-Non, pas envie de vous raconter, ni à toi ni à vous... Ah mais vous m'énervez en fait, vous ne m'écoutez pas !... Je vous parlais de ce livre que j'ai lu sur le net...
-Un roman avant l'été?...
-... Non, le roman de l'été... Dans l'histoire, la fille dit au type qu'elle a rencontré par hasard, enfin, elle préfère lui dire avant de continuer à le voir, qu'en ce moment elle ne fait pas l'amour... Elle lui dit pour le prévenir, donc pour qu'il ne se sente pas obligé de poursuivre la relation avec elle si c'est ça qu'il voulait...
-Du coup il veut la revoir, je suppose.
-Oui c'est vrai, tu as raison.
...
-Un peu bizarre tu ne trouves pas?
-Non pas tellement, plus on te refuse quelque chose plus tu en as envie, non?
- Ah oui ? tu es drôle!... C'est un peu bizarre tout de même, de ne pas vouloir faire l'amour...
-Pourquoi, demande Jane? Non, moi je serais un peu comme ça, enfin en ce moment... Je faisais pas trop l'amour avec l'autre, un peu pour lui faire plaisir et un peu parce que ça me rappelait d'autres histoires. Sinon, j'avais pas très envie.
-Pourquoi tu l'appelles toujours « l'autre » ?...
-Pas toujours, ce soir !
-Enfin chaque fois que tu parles de lui.
-Je suis fâchée, super fâchée...

-Tu sais, l'histoire d'être amoureuse de son père

pour une fille, tu le sais bien, c'est une affaire répandue...
-Mon père, comme musique il n'écoute que du Beethoven... toutes les sonates de pianos, dans toutes les interprétations possibles... et au piano il ne joue que *la Sonate au clair de lune*, il dit que c'est un chemin d'exploration sans fin...
...
-Bon, en tout cas ton ami ne revient pas... Vous étiez déjà fâchés ou bien vous vous êtes fâchés ce soir ?
-...
-Il t'a dit qu'il allait partir si tu continuais de le narguer. Alors tu lui as dit, c'est ça, qu'il parte... Pars, et pour toujours?...
-Oui, je lui ai dit qu'il aille se faire foutre ailleurs et partout...
-Tu lui as sorti ça parce qu'il t'as dit que tu étais amoureuse de ton père ?... Sans le savoir surtout ? Je ne me trompe pas?
-Si, lourdement... C'est pas ça, c'est pas comme ça ! Et puis ça ne te regarde en rien...
-D'accord.
-Il m'a avoué quelque chose qui m'a fait super mal, alors du coup, je lui ai balancé quelque chose qui l'a beaucoup blessé... Je vais appeler ma copine, ça ne t'embête pas qu'elle vienne?
-Bien sûr que non...

La copine de Jane n'est pas venue ce soir-là, elle ne

pouvait pas ou bien elle ne le voulait pas. En réalité, elle attendait un fiancé dans un bar du 20ème...

J'ai quitté Jane en bas du Kong, elle n'a pas voulu qu'on fasse un bout de chemin ensemble. Elle s'était contrariée complètement, tout son visage s'était transformé, renfrogné, elle avait carrément l'air de porter toute la douleur du monde... Elle ne voulait plus sortir, il faisait trop chaud, elle préférait remonter au bar...

Donc quand j'en ai conclu qu'elle voulait que je parte, je lui ai dit on se quitte maintenant, tout de suite, à l'instant?... On se trouvait face à face, prêt à s'embrasser... J'ai bien aimé son regard, du coup son visage éclairé... J'ai vu que nos corps étaient en proportion harmonieuse, qu'on était de bonne composition pour s'aimer. Je suis parti le premier, sans me retourner..

J'ai traversé le *Pont neuf* , tout vieu, tout gris, malgré son nom, en pensant qu'il était si beau selon moi quand il était rose... Toute l'image de l'empaquetage en rose au 20e siècle par l'artiste Christo m'était apparue instantanément, regrettant bien qu'il ne l'ai pas été vraiment de couleur rose...

Mais arrivé au bout du pont, je me souviens d'avoir pensé qu'on ne se reverrait jamais Jane et moi. On avait résisté à échanger nos téléphones, s'en

remettant au hasard...J'étais traversé par ça, qu'on ne se reverrait pas...
Sauf, je m'étais dit, si elle revenait un soir au Kong alors que je m'y trouverais, ou le contraire, si je revenais un soir au Kong et qu'elle s'y trouverait à attendre son fiancé ou bien sa copine Ydéa.
Sachant que c'était le genre de possibilité assez rare dans une grande ville, en tout cas suffisamment rare pour qu'elle ne se produise pas...

Saisi par l'urgence, j'avais été sur le point de revenir sur mes pas pour retrouver Jane... Elle était peut-être encore au bar, elle avait dit qu'elle y resterait quelques minutes pour terminer son coquetèle qui cependant était déjà bu...

Dans la rue qui m'éloigne d'elle, je suis attaqué par une série de visions érotiques...
C'est qu'en descendant de son tabouret, la robe de Jane s'était carrément relevée, laissant apparaitre une sorte de short à la fois bouffant et collant, super joli, super sexy!
Ou bien c'était la façon dont elle m'avait embrassé pour me quitter, des bises sur les joues certes mais avec un glissement de ses lèvres s'approchant de la commissure des miennes, accentué par une légère pression ouvrant un peu l'intérieur de ses lèvres légèrement humides...
C'était les deux. Et puis encore ce petit geste de la main figurant une caresse le long de mon corps...

En rentrant chez moi, la surprise, je découvre un mail de Jane. déjà je me dis. Certes j'avais pas mal flâné, tant il me restait l'envie de rebrousser

chemin. De toute façon, il n'était pas question de comparer mon allure avec la vitesse de transmission numérique.
En l'occurrence l'envoi rapide du mail indiquait une volonté déterminée de Jane de poursuivre notre rencontre. Un mail avec, en pièce jointe, le dernier épisode du roman de l'été dont elle m'avait parlé...

Hésitant à ouvrir la pièce jointe et donc ce petit roman, il m'était revenu sa dernière phrase. Elle avait dit qu'elle aimait la grande sensibilité de mes personnages...
Non, là je délirais, elle n'avait pas parlé de mes personnages, ceux que je pouvais porter selon mes humeurs. Non, elle avait parlé des personnages... oui des personnages attachants de ce petit roman d'été...
Peut-être elle avait dit : J'aime vraiment la grande sensibilité des personnages?...
-Lesquels, j'avais dit ?
-Ça ne te dira rien, mais il y a un personnage de la campagne qui s'appelle... je ne sais plus, genre Albert, non pas Albert, mais c'est un vieux prénom, pas Dagobert non plus, je ne crois pas... enfin tu verras bien quand tu le liras...

Je n'allais pas me mettre à relire le livre... La tentation était toujours d'aller y revoir. Mais par expérience je savais que la relecture provoquait à chaque fois une désillusion. Soit on trouvait ça très très bien et ce pouvait être suspect. Soit on trouvait ça pas très bon, voire un peu nul ou inutile, et alors on risquait un accès de dépression mentale.

Je me sentais un peu désoeuvré après lui avoir répondu un petit message de merci, lui assurant que j'allais lire ce dernier épisode du roman, comme ça si on se revoyait on pourrait en parler... Ça nous ferait un sujet de conversation, j'avais ajouté...

Désoeuvré, à tourner dans mon appartement, j'avais spontanément commandé sur un site de musique de jouer du Beethoven, J'avais obtenu au moins mille titres de piano, pétard, que choisir? Quel interprète? Glenn Gould, Wilhem Kempf, Yu Wang?... *La sonate au clair de lune*, en tout cas le premier mouvement, l'adagio, je n'aimais pas la suite...
Désoeuvré, j'avais tenté de chercher Jane sur les réseaux sociaux mais en fait je ne connaissais que son prénom, et son mail ne renseignait pas sur son nom...
Soudain un message de réponse, elle espérait qu'on allait se revoir, elle proposait au Kong, c'était le plus simple, elle y allait presque tous les soirs...

Cette nuit-là je m'étais réveillé dans un silence de nobody. Ma tête trop pleine de vaticinations, J'avais filé dans la salle de bains par le couloir au vieu parquet, que j'ai entendu encore bruiter alors que je m'étais recouché.
C'est curieux les bruits, je lui dirai, ça peut faire peur, là par exemple, j'avais rationnellement expliqué les bruits de parquet qui avaient suivi mon passage par une sorte de remise en place du bois...

Mais si j'avais été un peu fou j'aurais pensé que quelqu'un me suivait...

Je lui ai raconté ça trois jours après, quand on s'est revu au bar du Kong. Cette seconde fois on avait choisi de s'installer à une table de l'étage supérieure donnant directement sur le Pont neuf déserté des passants pour cause de chaleur. C'était une petite table pour deux, placée devant une fenêtre, si bien que assis sur nos chaises on pouvait voir de chaque côté comme à travers le hublot de grande largeur d'un bateau au long cours.
Sans se parler on s'était laissé à regarder les péniches de touristes traversant le fleuve comme si c'avait été des paquebots du 20éme siècle, ou des bateaux romains ramés par des galériens.

-Tu t'endors ou bien tu penses à quelqu'un qui n'a rien avoir avec moi alors que tu es en ma compagnie?
-Figure-toi que c'est gênant mais devant toi je n'arrête pas de penser à toi...

Du coup, elle s'était déclenchée, devenue toute excitée, elle ne m'écoutait plus et même ne me regardait pas. Mélangeait toutes ses parlotes de quoi j'ai cru comprendre qu'elle attendait tout à la fois sa copine qui lui ressemblait sauf qu'elle était tout le contraire d'elle, comme elle venait de me le rappeler, et son ami, l'autre, le type de la veille qui avait disparu...
J'en avais déduit qu'elle s'était réconciliée avec lui...
Sans savoir comment ça pouvait être possible...
Comment celui qu'elle persistait à appeler l'autre

aurait pu réapparaitre des jours après avoir disparu si désagréablement?...

En guise de réponse, elle m'avait poussé à redescendre à l'étage inférieur pour se poser au bar sur les hauts sièges tournants. Et nous poser en attente.

-Qui va venir en premier, je me demande, j'avais dit?... J'essaie de deviner?... Je te parie, ce sera ta copine...
-Interloquée, elle s'est mise à me regarder fixement, tu voudrais lire dans mes pensées?...
-Non, en fait, je regarde autour de moi...

Je venais en effet d'apercevoir une grande blonde aux cheveux courts, corp effilé, robe courte, qui semblait hésiter sur la direction à prendre. Elle avait jeté un regard dans ma direction et puis vers les autres personnes se trouvant au bar...
A un moment elle s'est avancée vers nous, s'est précipitée sur Jane qu'elle a embrassée d'une forte étreinte. Et puis m'a embrassé, doublement, un peu comme si j'avais été le nouveau copain de Jane. D'ailleurs elle m'a pris la main que j'avais tendue tout en l'embrassant, et l'a gardée comme à plaisir tandis qu'elle me disait qu'elle était contente de me rencontrer...
C'était tellement chaleureux, tellement positif, tellement touchant, que c'était trop...
J'avais finalement retiré ma main de la sienne, par égard pour Jane, presque pour lui donner une marque de fidélité, c'est incroyable, comment on peut se croire obligé de se comporter!

Un moment m'est venue l'idée qu'être polygame, même si j'en désapprouvais le principe, pouvait être assez jouissif, sinon être la solution à tous mes problèmes... Moi qui étais si seul depuis qu'une fois de plus dans ma vie je m'étais mis à chercher l'âme soeur. Sachant pourtant que c'était totalement illusoire d'espérer la trouver...

L'autre, l'ex de Jane, quand il est arrivé, il a dit tout simplement qu'il avait joué, mais mal joué.
A moi il s'est adressé...
-J'ai déconné complètement, donc j'ai perdu, alors maintenant puisque je n'ai que mes yeux pour pleurer, je n'ai plus d'autre voie désormais que de mieux jouer ...

-En quoi il avait déconné? j'avais relancé direct, en quoi ? Etait-ce de lui avoir dit qu'elle était amoureuse de son père? Et surtout de l'être sans le savoir?
-Comment vous connaissez cette histoire, elle vous l'a dit ? C'est vrai, j'avais oublié que je lui avais sorti cette vanne...
-Mon cher...
-Non, pas ''mon cher''...
-Ne jamais croire que ce qu'on oublie est forcément oublié par les autres...
...
-C'est elle qui vous l'a dit... Pourtant il y a

longtemps qu'on a parlé de ça... pas de quoi en faire une histoire à épisodes... Moi j'aurais aimé être amoureux de ma mère, je ne l'étais pas, je ne l'ai jamais été, cela m'a beaucoup manqué...
-De toute façon cela n'expliquerait pas que vous vous soyez fâché si vite, non?
-Je ne sais pas de quoi tu parles!
-Que tu sois parti soudainement, j'ai cru que tu partais pisser et hop jamais revenu, fort de café, trouves pas?...

-Hé... je ne te connais pas, en quoi tu viens t'immiscer dans nos affaires... Pas parce que t'es écrivain ou je sais pas quoi?
-Qui t'as dit ça?
-Personne, mais ça se voit, tu observes, tu écoutes, on dirait que tu fouines, et puis tu en es jamais complètement...
-Quoi?
-Tu semble te placer toujours ailleurs, c'est ça tu te donnes l'air de jamais en être complètement de la scène du moment...
-Je pourrais aussi être sociologue ou ethnologue et quoi encore?...

-Elle, elle m'a dit la chose la plus dégueulasse possible, le truc pour faire mal quoi, le plus possible...
-Ah oui? Je me demande ce que ça peut être?
-C'est entre nous, ça nous regarde, elle et moi, c'est que du privé, tu peux comprendre ça ?
- Je me demande si c'est parce que tu lui as dit qu'elle était amoureuse de son père qu'elle a pu te sortir la chose la plus dégueulasse possible?

-Elle m'a demandé si j'avais couché avec l'autre fille, tu la vois, la grande blonde aux yeux bleus...
-J'ai dit oui... Et qu'est-ce qu'elle a répondu?
-Le truc le plus degueu possible...
-Ah bon... Et maintenant pourquoi tu es revenu?
-Parce que je ne peux pas me passer d'elle... En plus, j'aime beaucoup cet endroit et tous les gens qui y viennent, sinon il faudrait que je change de ville...
-Bien sûr je lui dis, dans chaque ville il y a des endroits comme ça
-Pareil?
-Pas tout à fait, non... mais par exemple il y a partout un café qui s'appelle Select... même à New York... Tu es déjà allé au Select à New York?... Ou à Carpentras?... Tu es déjà allé au Select de Nancy? Il doit y en avoir un à Bordeaux, à Lille, à Brest même !

Je pouvais toujours multiplier les questions, l'autre, l'ami premier, ne voulait plus parler... Il s'affichait comme l'amant propriétaire, ce qu'il voulait, c'était reparler à Jane...
Il ne faisait plus que regarder dans sa direction, espérant capter un petit signe qui l'aurait encouragé à aller la rejoindre...

Pour rire surement, je lui ai proposé d'aller boire un verre à l'étage supérieur. Et j'ai dû lui redire deux fois pour que finalement il me réponde d'un air agacé.
-Attends, laisse-moi, je voudrais parler à Jane... Je t'assure je veux pas aller là-haut... laisse-moi, attends, tu veux que je te présente sa fausse

jumelle, c'est elle la blonde mince qui vient nous voir.?... je te laisse lui parler, comme ça je vais voir Jane...

Et lui, à la manière d'un metteur en scène, il avait pris Ydea par la taille et l'avait amenée devant moi...

Aussitôt elle m'avait embrassé à nouveau et fait plein de sourires...

-Jane me dit que vous avez une élégance naturelle, enfin que sinon, pas croire, elle vous aurait viré au premier mot...
-Et pourquoi, je demande, vous n'étiez pas avec elle ce jour-là, puisque vous êtes toujours ensemble, d'après ce qu'elle m'a dit?
-Eh bien je tournais...
-Un documentaire ou de la fiction?
-Non, je tournais comme les derviches... J'ai un copain qui me rend folle, alors je tourne quand je n'en peux plus...
-Et ça donne quoi?
-J'ai du mal à m'arrêter de tourner...
-Et encore?
-Je suis en train de le quitter... c'est déjà fait on peut dire, alors je tourne moins ces jours-ci...

Ce faisant Ydea regardait avec forte attention Jane et l'autre, comme si elle avait pu les connaître de l'intérieur...
-Ca a l'air de bien se passer, j'avais tenté
-Vous n'êtes pas au courant, je vois, mais vous savez, s'il persiste à vouloir lui parler, ils vont encore se chamailler...

-Ils se chamaillent?
-Tout le temp! Regardez, ça commence !
-Je croyais que c'était juste l'autre fois parce qu'elle lui avait envoyé une putain de vanne qui fait mal, d'après ce qu'elle m'a dit...
-Oui, elle m'en a parlé et puis elle s'est arrêtée quand Tim Drone est arrivé...
-Et vous comment vous vous appelez? je m'appellet Hugo...
-Moi c'est un peu compliqué, juste il faut retenir les sons : Ydea Ydea, Ydea à répéter, il faut dire deux fois Ydea, deux fois... Ydea Ydea!
-Ah je ne savais pas... Ça s'écrit avec un trait d'union ou un tiret?
-Non, surtout pas... Rien à ajouter, il faut laisser des espaces vides, il faut du vide, la plus belle connerie du passé, c'est d'avoir répété tout au long des siècles que la nature avait horreur du vide... La nature est pleine de vide...
-Regardez-les, vous voyez ? Ils sont fous, ils vont encore s'engueuler...
-Il faut les arrêter, ils vont se taper dessus.
-Non il faut les laisser, c'est leur affaire, partons plutôt, allons à l'étage du haut, à gauche toute, avec vue sur la Seine, pas dans la partie restaurant...

Voilà, ils s'en vont aussitôt ensemble à l'étage dans la meilleure entente bien qu'ils ne se connaissaient pas du tout... Mais comme semble-t-il la moindre

harmonie n'est que façade de tempête, voilà donc soudain Ydéa, dite Ydea Ydea, qui se bloque et regarde Hugo un temp avant de lui balancer:
-Peut-être vous n'aimez que les yeux verts, si c'est le cas faut retourner voir Jane...
-J'aime aussi les yeux bleus...
-Faut pas vous forcer, je ne vous en voudrais pas, allez la voir, allez donc la voir, si, si...
-Non, je suis content d'être avec vous... De toute façon vous savez bien qu'elle est en parlote avec son type...
-Oui mais vous ne m'aimez pas, je sens que vous préférez Jane
-Pas du tout, non, juste je dois m'habituer à vous, je lui avais dit tout en me rendant compte que je ne faisais que parler à Jane en parlant avec Ydea Ydea..
-Alors redescendons au bar, avait-elle soudain ordonné...

Il faut se représenter que cela se passe dans l'endroit le plus central du Kong., là où il y a le plus de mouvements entre les différents lieux et recoins, et dans le passage qui va vers les ascenseurs ou les bains...

- C'est ça, je dois m'habituer à vous, je lui dis avec sincérité...
-Vous l'avez déjà dit
-Mais c'est vrai, j'ai envie de vous connaitre, pour ça il faut que je vous regarde...
-Ca y est, ça lui reprend, moi je veux retourner les voir parce que ça va pas entre eux, vous comprenez?

Donc Ydea s'en va rejoindre Jane et Tim. Et moi je la suis, que pouvais-je faire d'autre?
Dans ce genre d'endroits, on ne peut pas rester seul. Seul vous êtes, seul vous êtes suspect! Ne serait-ce que parce qu'alors ce doit vouloir dire que vous êtes incapable de faire trois phrases idiotes pour parler avec le ou la première venant...
Pas du tout, se répondait Hugo. J'ai remarqué que dès que tu dis quelque chose d'inhabituel les gens s'intéressent à toi et même ils te lâchent plus...

Oui mais alors que je croyais que ca se passait de mieux en mieux avec elle, voilà que la fameuse Ydea se désolidarise de moi et me transforme en corps étranger par rapport aux deux autres

-Vous le connaissez ce con ? (Elle ose me nommer comme ça !) Eh bien, il n'aime pas mes yeux !...
-Non, ce n'est pas vrai, je proteste...
-Jane, tu le connais, je crois?
-Oui, il est très sympa, viens Hugo, reviens !
-Bon, alors moi je me sauve! lance l'autre...
-Mais non Tim, tu ne vas pas me lâcher!
-Ou alors tu repars avec moi, menace-t-il...

Je trouvais tous ces échanges un peu rapides et surtout trop rugueux et même trop caillouteux. Mais c'était un genre qui se pratiquait.

Voilà qu'Ydea décide d'embarquer Tim, elle l'enlace, l'attrape de tout son corps et l'embarque. En tout cas ils s'en vont, ils partent, ont disparu, laissant Jane et Hugo tous les deux dans une intimité nouvelle...

Cette intimité nouvelle les trouble...

-Ca va? Elle est pas facile ta copine Idéa; Elle est jalouse de toi ou quoi?
-Ydea Ydea, non, elle est surtout traumatisée de naissance!
-De quoi, par quoi?
-Je ne sais pas pourquoi elle est persuadée que je plais plus aux garçons qu'elle... Elle croit que chaque fois qu'il y en a un qui passe, c'est pour ma pomme et pas pour la sienne...

Tout en déambulant, ils se retrouvent près de l'ascenseur.
Un serveur aussitôt vient leur proposer de s'installer sur une terrasse privative où en plus vous pourrez fumer, précise-t-il...
-Bon, nous on ne fume pas...
-Ca fait rien, c'est vrai les gens fument de moins en moins sauf dehors, dans la rue, pourtant il fait trop chaud...

Le salon devait être privatif mais voilà que Ydea les rejoint provoquant le départ de Jane.

-Salut Ydea, lui lance Hugo, l'autre jour, tu sais...
-Non arrête, j'ai pas envie que tu me parles...
-Mais je te trouve super, j'aime bien être avec toi
-Pourquoi tu me cherches?
-Je crois que c'est Damas que j'aime en toi, tu comprends ce que je veux dire?
-Pourquoi tu insistes?
-Parce que les choses ne se reproduisent pas deux fois, souvent pas même...

-Souvent pas même?
-Souvent il n'y a qu'une seule fois. Et quand il y en a deux, il ne faut pas rater la deuxième fois. En général, ça ne se refait jamais, ou qu'une fois.
Par exemple cet instant où au détour d'une rue je croise une personne à qui je n'ai jamais parlé. A qui je ne souris pas ni ne dis bonjour. Et je le regrette ensuite.
J'espère alors qu'on va se croiser à nouveau mais non, même en repassant au même endroit à la même heure, tu as peu de chances... non?...

Ou bien c'est une autre rencontre avec quelque-un.e que j'avais déjà vu, qui me croise sans que je la voie. Si, mais au tout dernier moment, tandis qu'elle terminait son bonjour, je lui lance alors un bonjour. C'est trop tard, elle est déjà partie, elle ne m'a pas entendu. J'espère la revoir, la recroiser... Ou encore si c'est une personne que je revoie pour la deuxième fois... Ou bien une jeune femme que j'ai salué, et que j'ai cru reconnaitre à plusieurs reprises ensuite, et qui ne semble pas être celle que je vois maintenant...

-Arrête, j'ai compris, faut saisir sa chance quand elle passe, sinon ça repasse pas...
-En tout cas, nous ça fait deux fois qu'on se parle, on devrait pas laisser passer la chance...
-Tu crois que ça ferait plaisir à Jane que je me laisse draguer par toi...
-Hé je crois qu'elle s'en fout, d'ailleurs il ne s'est pas passé grand chose entre nous si tu veux le savoir...

Tim qui avait surgi dans la conversation se lance

vers Hugo: Alors il parait comme ça que tu as eu une aventure avec ma Jane :
-Mais non qu'est-ce que tu racontes...
-J'ai entendu ce que tu as dit à Ydea qu'il s'était pas passé grand chose entre vous...
-J'ai dit ça, oui, à Ydea, pas à toi...
-Il ne s'est pas passé grand chose, ça veut dire qu'il s'est passé quelque chose...
-Ecoute, tu chipotes, d'accord elle t'a beaucoup vexé en te disant quelque chose qui t'a fait mal, mais c'était bien avant que je la rencontre...
-Je ne pourrais laver cela qu'en ayant une aventure avec Idéa mais elle ne veut pas, parce qu'elle est trop amie avec Jane, elle dit.
-Y a tant de filles sur terre...
-Peut-être sur la terre, mais pas autour de moi
-Tu regardes pas les bonnes personnes
-Oui ça doit être ça!
-T'es trop enfermé sur toi-même, tu vois pas celles qui te mates...

Jane est venue chercher Ydea.:
Bon alors finalement, tu as eu toi aussi une aventure avec Tim et Hugo?
-Comme ça, on a tous eu une histoire ensemble.
-Pas à quatre!
-Tu les a connus tous les deux, toi aussi?
-Avec Hugo, il ne s'est pas passé grand chose, redit Jane.

-Mais ça veut dire quoi, pas passé grand chose?
-C'était froid, si tu veux...
-Je comprends pas bien, mais comme ça, on a tous eu des affaires ensemble...
-Pourquoi tu dis affaires
-J'aime le mot anglais, an affair..
-Bon mais pas comme les hommes...
-Je sais pas... Pas pareil les hommes
-Pas comme nous deux!
-Ça, ils n'en ont pas la connaissance...
-Embrasser, rouler une pelle oui, se pelotonner...

Tim revient vers Hugo:
-Les deux filles, elles trafiquent, non?
-Tu crois qu'elles se liguent contre nous?
-Non, mais elles vont finir par se passer de nous, si tu vois ce que je veux dire...
-Moi ça me serait difficile
-De te passer de qui?
-Ah tu recommences...
-Dis-le moi
-C'est de Jane dont tu ne pourrais pas te passer, avoue-le Hugo, avoue!
-Je parlais des filles en général, de Ydea aussi
-Moi c'est de Jane... Elle ne veut plus de moi... Elle est très fâchée avec moi... Elle est trop dure... Plus jamais on sera ensemble, elle m'a dit... Plus jamais on fera l'amour, plus jamais!... elle l'a répété des dizaines de fois...
-Oui mais c'est parce que tu t'es fâchée avec elle...

-Qu'est-ce que je peux faire?
-Tu n'as qu'à bouger, répond Hugo
-Drôle, c'est ce qu'elle m'a dit aussi, Jane

-Pourquoi tu ne te bouges pas?
-Mais si je bouge!
-Tu donnes l'impression de ne pas bouger
-À quoi tu peux voir ça, Hugo?...

Ydea vient les relancer:
-Jane et moi on a décidé de ne pas vous laisser tomber... Quoi? on ne veut pas vous écarter... vous n'avez pas l'air de comprendre...
-Quoi cela dit???
-On veut vous récupérer, enfin il ne faut pas faire les difficiles, parce que Jane elle a dit, on les récupère si ils sont récupérables, donc à vous de voir si vous êtes récupérables, hein?

Tim s'en va quand il voit Jane arriver...
-Reviens, Tim !... Il est fâché?... Hugo, tu crois qu'il est fâché?
-Je crois qu'il est fâché, oui
-Et toi Ydea, tu crois qu'il est vraiment fâché?
-Oui d'ailleurs c'est aussi bien, et puis tu sais les gens changent dans la vie... Quand tu les connais, ils sont comme ci comme ça, après quand tu les connais mieux, ils sont différents, en plus tu les vois un peu autrement, ensuite ils changent dans la durée...
-Tu dis ça comme si je connaissais Tim depuis très longtemps, ça ne fait pas encore deux ans...
-Deux ans, c'est énorme...
-Oui sans compter, je t'avais raconté, qu'en fait on se connaissait quand on était petits, mes parents et les siens étaient amis...
-Et après il a déménagé ou c'est toi qui a changé de ville?

-Non ses parents ont divorcé et les miens aussi, donc après j'ai déménagé et lui pareil, et puis on s'est revus beaucoup plus tard, au lycée, en fait son père s'était remarié, enfin pas remarié mais tu vois, en couple avec une femme que ma mère connaissait, donc on s'est revu et puis...
-Et puis maintenant, il est parti...
-Bon peut-être que je me suis trompé, j'ai exagéré, j'ai pas envie de lui faire du mal... Ydea, tu sais où il est parti?
-Il se balade sur le Pont neuf, je le vois, il a l'air d'avoir chaud...
-Tu devrais aller le consoler...
-T'inquiètes pas, il ne va pas se jeter dans la Seine...

Une autre fois Jane et Hugo se retrouvent en haut du Kong avec vue sur le Pont neuf

Hugo: Je t'attendais, je suis passé plusieurs fois, je t'ai attendu...
-Tu as revu Tim, tu as passé des nuits ici avec lui?
-Des soirées oui, des soirées entières, mais plutôt agréables, non, j'ai beaucoup regardé la Seine...
-Toi tu vois la vie en rose, hein?
-Pourquoi pas ?... Tu sais qu'un artiste, il y a des années avait emballé le Pont neuf de papier rose, c'était très beau...
-C'était pas rose du tout mais de couleur crème...
-Arrête, faut que je te raconte, tu vas pas le croire...

-Il suffit de le peinturlurer en rose dans sa tête et on le voit rose...
-Tu ne veux pas que je te racontes?
-Si, à condition que tu peignes ton histoire en rose...
-Te moques pas de moi, ça me fait assez mal
-Quoi?
-Eh bien, Tim...
-Tim, quoi?
-J'arrive pas à le dire directement...
-Il s'est marié avec Ydea ?
-Non, tu plaisantes mais ils sont ensemble!
-Bon, tu vas pas pleurer quand même!
-Et pourquoi pas?
-Oui, si ça te fait du bien
-Ça me fait du mal
-Je croyais que tu ne voulais plus de lui !
-Oui mais il est avec ma copine
-C'est toi qui as envoyé Ydea le consoler, tu as eu tort
-Il ne faut pas que j'y pense. Quand j'y pense, si je les vois ensemble...
-Tu les as vus?
-Non... si, je les vois, je me les représente tous les deux... alors, eh ben... ça me rend folle
-Normal, c'est ta copine, vous avez les mêmes goûts... Elle est comme ta soeur, ça ne devrait rien te faire...
-C'est pire, je te dis, en plus il m'a dit qu'ils se sentaient bien ensemble, qu'ils étaient faits l'un pour l'autre...
-Pas très sympa de sa part de te le dire
-C'est la vérité, elle me l'a dit elle aussi
-Tu la revois?
-Oui, un peu, elle m'appelle souvent, mais je ne

veux pas les voir tous les deux, ensemble, je ne peux pas, tu comprends ?
-Tu regrettes alors?
-Ben oui, on les a toujours après, les regrets...
-Pourtant; c'est ce que tu voulais quelque part?
-Oui
-Tim, c'est sûr, il reviendra...
-Et toi, tu vas m'aimer quand même, maintenant que l'autre m'a quittée?
-Il ne faut pas que tu attendes, avait murmuré Hugo, retrouvant ainsi une phrase prononcée des années auparavant...

Jane s'était remise à le questionner:
-Tu étais déjà venu dans ce bar du Kong avant? Avant de me connaître, elle avait précisé paraissant faire un effort pour remonter loin dans sa mémoire de sorte de retrouver les souvenirs de notre première rencontre...
-Tu veux savoir si j'y étais venu avant de te connaitre? Oui j'y étais venu un soir...
-Seul, elle avait insisté?

Jane exagérait, en quoi cela aurait pu la contrarier, que j'y sois venu avec une autre fille, maintenant qu'on était si proches, si intimes, si pareils, que c'en était étrange... Comment dire ? Par exemple, quand on marchait dans la rue, nos corps de même taille bougeaient ensemble, on était au même rythme, dans le même mouvement...

On se trouvait à nouveau dans la nouvelle salle du Kong, la terrasse aménagée pour fumeurs, dans laquelle il n'y avait personne d'autre que nous, si bien qu'on pouvait croire y être ensemble pour la première fois.

-Oui, seul, j'y étais venu seul, je lui avais redit d'autant plus facilement que c'était vrai, même si elle ne semblait pas me croire... En fait j'y étais allé seul pour explorer le lieu, voir les gens qui s'y trouvaient, faire des rencontres de bar, celles qui s'accroissent, s'élargissent de soir en soir... Bien sûr pour découvrir la vue de Paris qu'on avait depuis le dernier étage...
Et puis pour me poser dans cette zone urbaine à la fois locale et mondialisée.
-C'est tout ? Pas pour d'autres raisons ?
-Si, oui, j'y étais allé ensuite avec une personne que je croyais aimer à la folie...
-Et quoi ? Finis ta phrase...
-Eh bien que je n'ai plus aimé quelque temp plus tard. Enfin si, non, mais ce n'était plus à la folie...
-C'est ça le sujet de ton prochain livre?
-Quel sujet ?... Non, il n'y en a plus.

AU BAR DU KONG

Dialogues
de

JEAN PIERRE CETON

Edition originale